LA
MORT DE MAZET.

HOMMAGE
AU DÉVOUEMENT FRANÇAIS.

PAR M. ANDRÉ DE NANTEUIL.

PARIS.

CHEZ
BABEUF, à la Librairie historique, rue Saint-Honoré,
  n° 123, hôtel d'Aligre ;
EYMERY, rue Mazarine, n° 30 ;
BLEUET, rue Dauphine, n° 18 ;
RORET, rue Pavée-Saint-André-des-Arcs, n° 9 ;
Les principaux Libraires du Palais-Royal.

1822.

DE L'IMPRIMERIE DE J. TASTU, RUE DE VAUGIRARD, N. 36.

LA
MORT DE MAZET.

HOMMAGE
AU DÉVOUEMENT FRANÇAIS.

PAR M. ANDRÉ DE NANTEUIL.

PARIS.

Chez
{
BABEUF, à la Librairie historique, rue Saint-Honoré,
  n° 123, hôtel d'Aligre ;
EYMERY, rue Mazarine, n° 30 ;
BLEUET, rue Dauphine, n° 18 ;
RORET, rue Pavée-Saint-André-des-Arcs, n° 9 ;
Les principaux Libraires du Palais-Royal.

1822.

LA
MORT DE MAZET,

OU

LA PESTE DE BARCELONE.

HOMMAGE

AU DÉVOUEMENT FRANÇAIS.

Tellus ipsa parit naturaque dædala rerum.

Lucrèce, l. v, De Natura rerum.

Muse, si quelquefois sur la mousse légère,
Découvrant du dieu Pan la flûte bocagère,
Ce bois mélodieux, sous tes doigts agités,
Rendit quelques accens par l'écho répétés ;
Viens, et fais soupirer, sous ma main faible encore,
La lyre douloureuse au temple d'Épidaure :
Célèbre dans tes vers le dévoûment français,
D'un art libérateur décris-nous les bienfaits ;

Dis de nos humbles sœurs l'intrépide courage ,
Leur volontaire exil sur un lointain rivage ;
Et t'avançant au pied du monastère obscur,
Contemple leurs vertus aux rayons d'un ciel pur;
Que ta pensée en deuil, traversant Barcelone,
Sur l'urne de Mazet dépose sa couronne ;
Montre à l'Espagne en pleurs des restes glorieux,
Et, déplorant le sort d'un Français généreux,
Révèle les bienfaits qu'attendait son aurore,
Et leur germe honorable éteint avant d'éclore.

Aux champs de Catalogne , où la douceur du ciel
Semblait promettre à l'homme un bonheur éternel ,
Un vent frais s'élevait du sein de l'onde pure ,
Un souffle créateur ranimait la nature ;
L'étoile du matin brillait sur l'horizon ,
Tous les chantres de l'air commençaient leur chanson ;
D'un côté, le pêcheur, vieil hôte du rivage ,
Visite ses filets étendus sur la plage ;
De l'autre on entendait le murmure des eaux ,
Et la cloche argentine annonçant les troupeaux.
L'aurore en souriant mûrissait sur la rive ,
La tunique dorée où l'orange est captive.
Le Catalan charmé sous un ciel si flatteur ,
Lève un front rayonnant d'espoir et de bonheur ;
L'ivoire de l'Indus et l'or de l'Atlantique
Reportent dans ses murs la fortune publique,
Et, dans son port qui s'ouvre aux produits des deux mers,
Arrivent des vaisseaux des bouts de l'Univers.

Mais du jour le plus pur éclipsant la lumière,
Un dieu lance sur nous la foudre meurtrière :
La fortune est pareille à des zéphyrs changeans ;
Ou, je la vois encor comme on voit dans nos champs
L'ombre au soleil du soir qui réfléchit notre être,
Lorsqu'elle s'agrandit on la voit disparaître.

Par les foudres de Mars assez long-temps troublé,
Le ciel jadis en feu cesse d'être ébranlé ;
Heureuse en conservant le seul fils qui l'adore ,
La mère n'entend plus le clairon qu'elle abhorre.

Des tables, des banquets partout sont préparés ,
Bacchus verse la joie en des vases dorés ;
Des vaisseaux pavoisés qui couronnent la rive,
Les flots plus populeux d'une jeunesse active,
Tout semble dans ses murs, au lever du soleil,
D'une fête civique annoncer l'appareil.
D'un cirque spacieux ouvert sur le rivage,
Un autel s'élevait entouré de feuillage ;
Une vierge adorée, en ce jour de bonheur,
Suivait son jeune époux aux autels du Seigneur.
La fête solennelle est enfin commencée,
L'urne sainte dans l'air est déjà balancée ;
Le pontife pieux s'approche de l'autel ,
Le couple va s'unir aux yeux de l'Éternel :
Soudain d'un bras glacé, sur les rives de l'Ebre,
La terreur vient poser un étendard funèbre ;

D'un perfide navire introduit dans le port
La voile empoisonnée a déployé la mort.
Prélude accoutumé des grandes infortunes,
Un bruit vaste mêlé de clameurs importunes,
Les cris des animaux ensemble confondus,
Parmi les cris de l'homme au loin sont entendus.
Chacun marche au hasard ; plus de route tracée :
L'avenir épouvante et luit dans la pensée,
Le repos, le bonheur, à ces bords sont ravis :
Par des malheurs toujours des malheurs sont suivis.
Le triste aspect des camps partout se renouvelle :
Dans des ruisseaux de sang un nouveau sang ruisselle ;
Le fer luit.... l'airain tonne : un pied dans le tombeau,
Barcelone, aux lueurs d'un funèbre flambeau,
Semble près de périr dans l'océan des âges :
Au milieu des éclairs, des foudres, des orages,
On voit fumer encor, dans des plats de vermeil,
Des festins délaissés le superbe appareil.
Sur l'autel en désordre, un ministre du culte,
Fléchit, chancelle, tombe en ce vaste tumulte ;
Les élus du Seigneur, privés du pain sacré,
Ont ressenti l'effroi du pontife égaré ;
De la communion l'œuvre est interrompue,
Et le calice échappe à sa main éperdue.
Des mourans les regards dirigés vers le ciel,
Pleins d'un dernier espoir invoquent l'Éternel.
Appuyé sur son luth le poëte soupire,
Et sous ses doigts mourans un dernier son expire.
Chaque jour assemblés autour des hôpitaux,
Se traînent à pas lents des malades nouveaux ;

Leurs yeux creux et hagards de larmes se remplissent,
Sur leurs fronts jaunissans , leurs cheveux se hérissent;
Ils se sentent brûler des plus horribles feux;
Un voile sur leur corps est un fardeau pour eux.
Alors , tel qu'un volcan qui roule au loin ses laves,
Le typhus se répand et brise ses entraves :
Ce mal contagieux s'introduit dans Palma,
Dans les murs de Séville et dans Mesquinenza ;
Sur son sommet flétri, Tortose presque éteinte,
D'un étendard de mort a voilé sa croix sainte (*) ;
Dans un fertile champ de l'homme délaissé,
La charrue est oisive et le soc renversé.
On parle ;... plus d'écho.... Dans une horreur profonde,
Viennent s'anéantir les derniers bruits du monde;
Des ombres du trépas les murs enveloppés,
Ne semblent qu'à demi du chaos échappés ;
Et de longues vapeurs s'élèvent des rivages,
Sous un ciel nébuleux , berceau des noirs orages.

Dans ces lieux redoutés, noble appui du malheur,
Quel mortel va porter un pas libérateur?
O France ! quand du bien la voix te sollicite,
Ton génie est toujours immense et sans limite :
Tes fils ont su braver la mort dans les combats ;
Qu'ils portent leurs bienfaits dans de lointains climats.
Est-il un seul danger que le Français redoute ?
Mourir pour la patrie est glorieux sans doute ;
Mais mourir pour le monde et pour l'humanité,
C'est presque s'égaler à la Divinité.

Mère des vrais héros, accepte notre hommage :
Quel siècle à ta grandeur a prêté davantage !
Du tumulte des camps jusqu'au cloître ignoré,
Ton antique héroïsme a partout pénétré,
Puisant aux flots heureux du fleuve où tout s'oublie,
Ne te souvenant plus des poignards d'Ibérie,
Quand ton cœur saigne encor du coup qu'ils t'ont porté,
J'aime à te voir sublime en générosité ;
Des fureurs de la guerre oubliant les injures,
Poser ton fer illustre et panser des blessures ;
Te montrer au-dessus des atteintes du sort,
Et t'immortaliser par la vie ou la mort.

Oui, gloire à ces Français, par la main du génie,
Adroits à ressaisir tous les fils de la vie,
Qui, par un art divin, art régénérateur,
Loin de la France en deuil, berceau de leur grandeur,
Vont d'un typhus impur analysant la cause,
Consoler, secourir Barcelone et Tortose.

Gloire aux célestes Sœurs qui montrent aux humains,
Par un exil sublime en des pays lointains,
Que sous les toits sacrés de la foi catholique,
Comme ailleurs le courage a sa source héroïque.
O religion sainte ! à tant d'humanité,
On reconnaît ta force et ta sublimité !
Sœurs dignes de briller dans les fastes de Rome,
En vain l'humilité défend que l'on vous nomme :

Oui, par tous vos bienfaits amassés sur nos jours,
Les siècles malgré nous vous connaîtraient toujours.
La France aime à vous voir du fond de l'Ibérie,
Rapportant votre gloire au sein de la patrie,
Humbles, le front voilé, venir avec candeur,
En consacrer l'offrande aux autels du Seigneur.
Au milieu des périls que les fils d'Esculape
S'élancent en héros, que le trépas les frappe :
De mille faits brillans sans cesse environné,
Le Français les admire, et n'est plus étonné :
Souvent aux champs d'honneur Hippocrate et Bellone,
Tous deux se sont assis sous la même couronne ;
Et souvent on les vit, dans les travaux guerriers,
Au même arbre cueillant ensemble des lauriers.
Mais au cri du malheur quitter le monastère,
Affronter les périls d'une impure atmosphère,
S'exiler, disputer à des cœurs généreux
L'honneur de s'immoler dans des temps malheureux,
Voilà pour quels bienfaits, dans le céleste empire,
Dieu décerne à nos fronts les palmes du martyre ;
Voilà dans quels instans, et pour quels saints travaux,
Transformant quelquefois des vierges en héros,
Ce Dieu, quand il lui plaît, étonnant tous les âges,
Par la main du plus faible accomplit ses ouvrages.

Bally, Mazet, François, Pariset, Audouard (**),
De l'Europe étonnée attirant le regard,
Suivis des humbles Sœurs que le ciel accompagne,
Se dirigent ensemble aux rives de l'Espagne.

Un bruit vaste et profond... la chute des torrents ,
Les vitraux des lieux saints ébranlés par les vents ,
Autour du toît de l'homme un repos formidable ,
Là , tout imprime au cœur un aspect redoutable.

De la mort on entend tinter le triste glas ;...
Le rempart est bordé d'innombrables soldats ,
Les vierges du Très-Haut baissant un front timide
Sous le voile modeste où la candeur réside ,
A côté des Français s'avancent ,.... sur leurs pas
Se referment soudain les portes du trépas.
Un bruit religieux de cloches , de prières ,
Parmi des cris , des pleurs , se perd dans l'atmosphère ;
Tenant un crucifix dans l'ombre de la nuit ,
Le prêtre fait un pas , l'écho le reproduit.
Les murs sont éclairés par des torches funèbres ,
Seule clarté qui luit dans ces lieux de ténèbres ;
Sous les portiques saints obscurcis par l'encens ,
Accourent des vieillards , des femmes , des enfans :
Le cierge qui s'éteint dans leur main vacillante ,
Du flambeau de leurs jours peint la clarté mourante ;
Et le triste hibou sur l'arbre du cercueil ,
Seul répète à l'écart un lamentable deuil.
Abordant de ces murs la redoutable enceinte ,
Ah ! quel autre Français s'avance encor sans crainte ?
Sa noble fermeté , son âge , ses malheurs ,
A sa haute infortune attachent tous les cœurs.
Coupable dans Paris , au sein de Barcelone
L'amour d'un peuple entier le presse , l'environne ;

A ses concitoyens il va se réunir ;
Avec eux il veut vivre, avec eux veut mourir.

Heureux réparateur des travaux et des peines !
Un sommeil désiré se glisse dans leurs veines ;
Puisse d'un songe ami la séduisante erreur
Enchanter leur exil et tromper leur douleur !

Au milieu de la garde entourant les rivages,
Leur cœur et leur pensée ont trouvé des passages ;
Dans sa patrie encor se rendant en secret,
Chacun à ce qu'il aime offre un culte muet ;
La Seine au flot royal d'une onde satisfaite
Baigne aux yeux de nos sœurs leur paisible retraite :
L'un voit l'épouse en pleurs, les fils qu'il a quittés ;
Paris est reproduit à leurs yeux enchantés :
Mazet revoit sa mère.... il l'entend, il l'appelle ;
Déjà ses bras, son cœur sont élancés vers elle :
Soudain le charme cesse ; il s'éveille, ô douleur !
Barcelone se montre, il jette un cri d'horreur.
L'airain, le fer, les flots, la mort les environnent ;
De les voir dans leurs murs les Catalans s'étonnent.
Tout un peuple courbé sous le bois de la croix
Suit un prêtre tremblant qui chante à basse voix ;
Sous des cierges pesans l'enfance chancelante
Parcourt tous les quartiers de la ville expirante ;
Le sacerdoce en deuil, au nom du Rédempteur,
Exhorte le malade à souffrir sa douleur ;

Ou, lui montrant un terme à ses peines cruelles,
Semble entrouvrir du ciel les portes éternelles.

Etonnés d'un fléau si grand, si désastreux,
Les Français et les sœurs lèvent les mains aux cieux.
Barcelonne leur peint sa tristesse mortelle ;
Mère sensible et tendre, elle montre autour d'elle
Ses guerriers, ses enfans sur la poussière épars,
Un amas de cercueils afflige ses regards.
Là, c'est le monument d'une vierge adorée,
Qui du flambeau d'hymen allait être parée ;
Ici c'est son amant : voyez-vous ce rameau ?
Il les couvre tous deux sur le même tombeau,
Approchez vers la pierre, et là votre ame instruite
Sur la pierre lira leur infortune écrite.
Plus loin c'est un jeune homme, espérant de longs jours
Avant ceux de son père il vit trancher leur cours.
Ainsi qu'au sein des mers des fleuves s'engloutissent,
De morts toujours nouveaux les tombes se remplissent.
Montagnes, élevez vos cimes dans les airs ;
Cachez ces noirs tableaux aux yeux de l'univers :
Cachez surtout, cachez à la vue éplorée,
Ce fils rongeant le sein de sa mère expirée ;
Cette épouse en ses bras égarés, éperdus,
Pressant contre son cœur un époux qui n'est plus ;
Ce pâle fossoyeur, sous le ciel d'Ibérie,
Ne pouvant séparer la mort d'avec la vie ;
Ces bûchers allumés, ces cadavres divers,
Dont les os sont en poudre emportés dans les airs.

Ici nous étonnant par des tableaux sublimes ;
Montagnes, vers le ciel n'élevez plus vos cimes :
Laissez voir les Français calmant, avec les sœurs,
Les maux les plus cachés, les muettes douleurs ;
Faisant, par leurs bienfaits et leur douce éloquence,
Sous des toîts désolés luire encor l'espérance.
Sous le chaume indigent, sous les plafonds dorés,
Tous les soins sont égaux et partout honorés ;
L'âme du malheureux ne se sent point aigrie ;
L'or n'y rallume pas le flambeau de la vie.
On les voit à côté des malades troublés
Raffermir le tissu de leurs nerfs ébranlés,
Et, pour guérir le corps, d'une voix empressée
Rendre l'homme à lui-même et guérir sa pensée,
Quand la mort, punissant ce zèle bienfaiteur,
Du plus jeune d'entre eux s'approche avec fureur ;
Mazet la voit,.... l'attend ; mais devant qu'il succombe,
Il sème des bienfaits sur le bord de sa tombe.
« O ciel ! qui du néant fis éclore mes jours,
» Tu les bornas, dit-il, à des bienfaits trop courts ! »
En prononçant ces mots, de ses yeux héroïques
Descendent sur son sein des larmes prophétiques ;
Puis relevant son front voilé par la pâleur,
Tout-à-coup rassemblant un reste de vigueur :
« Voilà donc le séjour où va dormir ma cendre,
» Lieu d'exil éternel où mon corps va descendre,
» Où je vois avec moi, dans un jour, s'engloutir
» Le doux espoir de vivre et tout mon avenir ; »
Et songeant à sa mère : « Ah ! que sa vie obtienne
» Les heures et les ans dérobés à la mienne ;

» Que le ciel la protége, il est son seul recours ;
» Et quand l'instant viendra de lui rendre ses jours,
» Oui, qu'une mort plus douce, et d'amis entourée
» Reçoive sans douleur sa vieillesse sacrée.
» Français, vous, tendres sœurs, témoins de mes douleurs !
» Debout près des cercueils... je vous laisse,... je meurs...
» Je meurs ; et sur le sol où je vais disparaître,
» Exilé ,.... loin de celle à qui je dois mon être ;
» Je la vois délaissée.... Ah ! veuillez désormais
» Sur elle après ma mort étendre vos bienfaits. »
Sa voix s'éteint ;... sa main tenant leur main pressée,
A travers son silence explique sa pensée ;
Et regardant le ciel, ce jeune infortuné,
Du printemps de sa gloire expire environné.
Victime, jeune encor, d'une illustre entreprise,
Par-delà le tombeau sa vertu l'éternise ;
La mort peut bien briser de terrestres liens ;
Mais, immortel au cœur de ses concitoyens,
Un héros qui n'est plus obtient dans la mémoire
Un culte après sa vie aux fastes de la gloire ;
Dans les flots du néant il est précipité,
Son nom triomphe et vit dans la postérité.

La Catalogne en deuil pleurait son infortune,
Lorsque, prêt à braver l'adversité commune,
Tout-à-coup paraissant dans ces champs corrompus,
Jouarry vient succéder à Mazet qui n'est plus.
Pareils aux rameaux d'or gardés par la prêtresse,
Les courages français se succèdent sans cesse :

L'un meurt, l'autre renaît sur leur tronc immortel,
Et dans son sein fécond puise un suc éternel.
On les voit de concert et remplis d'un beau zèle,
Tous défier la mort en respirant près d'elle ;
Rendre un fils à son père, à l'épouse un époux ;
Comme des demi-dieux, on les contemple tous :
Pour des cœurs généreux quels momens pleins de charmes!
De la reconnaissance on voit couler les larmes....
L'un tient leur vêtement ; ne pouvant approcher ;
L'autre le voile saint, heureux de le toucher :
Ce qui pose sur eux semble une part d'eux-mêmes ;
Le cœur anime tout dans ses transports extrêmes !
Quand, traversant les airs en colonnes de feux,
L'arc éclatant d'Iris vient briller à leurs yeux,
Tout un peuple à genoux, bénissant la nature,
Respire un air plus doux que le zéphyr épure.
L'œil recommence à voir au faîte des ormeaux,
Après un long exil, voltiger les oiseaux ;
Et bientôt de la terre, où tout change et s'efface,
La verdure et les fleurs vont orner la surface ;
L'Hymen en souriant rallume son flambeau ;
L'Amour reprend son arc, ses flèches, son bandeau.
Comme un jeune arbrisseau battu par la tempête,
Barcelone commence à relever sa tête ;
Le laboureur revient dans les champs moins déserts,
L'airain religieux retentit dans les airs ;
Les ministres du ciel épanchent l'eau lustrale ;
Les Français ont fermé la terre sépulcrale.

Le Catalan heureux touche au port du salut ;
A la reconnaissance , il offre son tribut ;
La France attend ses fils : l'encens sur leur passage
Dans des vases dorés fume et monte en nuage.
Mais de riches présens , des métaux précieux,
D'un éclat inutile ont brillé sous leurs yeux.
Sur la cîme d'Horeb à sa voix enflammée ,
Quand Moïse , aux lueurs d'une foudre allumée ,
Montrait d'un doigt terrible au peuple d'Israël
Sur deux marbres sacrés les volontés du ciel ,
Au ministre d'un Dieu dont il était l'image
Proposa-t-on de l'or pour payer son message ?
Non ; le peuple , en secret admirant sa grandeur ,
Par lui connaît la voie où l'attend le bonheur.
Il s'incline ;.... et long-temps frappé de sa présence ,
Devant l'éternité le bénit en silence.

NOTES.

(*) La ville de Tortose fut dépeuplée par la fièvre jaune. Les émanations contagieuses formaient une nue épaisse et prolongée au-dessus de la ville.

Levant les yeux noyés dans des ruisseaux de pleurs,
Barcelone à grands cris appelle des sauveurs,
Et la vie ou la mort est encore indécise,
Sur le mont solitaire où Tortose est assise.

(**) Plusieurs médecins briguèrent l'honneur de sortir de leurs foyers pour partager les périls de cette généreuse entreprise.

De ce nombre sont M. *Lavetizon*, médecin à Crepy, en Valais (Oise), et le jeune Fayet, de Montargis, ex-chirurgien de l'armée, couvert de blessures. Leur nom ne me paraît point indigne de figurer après celui des bienfaiteurs dont la France a fait choix, et après les services nombreux qu'ils ont rendus à l'humanité dans des circonstances difficiles et honorables pour eux.

www.ingramcontent.com/pod-product-compliance
Lightning Source LLC
LaVergne TN
LVHW012334060726
842524LV00017B/2321